KB130211

긴 호흡이 필요해

공란영

경남 통영 출생
통영여고, 부산교육대학교 졸업
2015년 《부산시조》 신인상 등단
부산여류시조문학회, 한국시조시인협회, 오늘의시조시인회의 회원
솔잎 동인
2021년 부산문화재단 우수예술 창작지원금 받음
현재 부산 강동초등학교 재직
kitt0296@hanmail.net

긴 호흡이 필요해

—

초판 1쇄 2021년 8월 18일
지은이 공란영
펴낸이 김영재
펴낸곳 책만드는집

—

주소 서울 마포구 양화로3길 99, 4층 (04022)
전화 3142-1585·6
팩스 336-8908
전자우편 chaekjip@naver.com
출판등록 1994년 1월 13일 제10-927호
ⓒ 공란영, 2021

—

* 본 도서는 2021년 부산광역시, 부산문화재단 〈부산문화예술지원사업〉으로
지원을 받았습니다.

부산광역시 BUSAN METROPOLITAN CITY   부산문화재단 BUSAN CULTURAL FOUNDATION

—

ISBN 978-89-7944-768-2 (04810)
ISBN 978-89-7944-354-7 (세트)

책 만 드 는 집　시 인 선 1 7 5

긴 호흡이 필요해

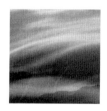

공란영 시조집

책만드는집

빨래하고, 보리쌀 씻고, 미역, 파래도 바락바락 씻던
사춘기를 지날 때까지 하루도 빠짐없이 마주했던
그곳

한 바가지 떠서 마시면 가슴까지 서늘해지던
뜨뜻한 수박 덩이 시원하게 식혀주던
한겨울에도 그 온기 남아있어 빨래터가 되어주던
너나없이 길어 올려 두루두루 요긴하게 쓰던
바닥을 드러내다가도 밤새 차올라 아낌없이 내어
주던

우물 같은 말들이 솟아나기를

2021년 여름
공란영

2부 제자리 찾는 시간

3부 색실 하나 잇대면

4부 오로지 그런 거라며

5부   끌어당긴 햇살 열면

1부

올 유행 주름을 잡아

수평선

가끔은 안은 것을
내려놔야 보이는 자리

보채도 다독이며
언제나 괜찮다는

지그시
감은 눈으로
눈웃음도 지어주는

무임승차

달리는 화물 트럭에 날개 접은 호랑나비
꽃 찾아 나설 시간 여정 없는 여행길
번데기
탈바꿈하던
다짐 새로 고친다

땅 딛고 서있지만 어디서 헤어질지
내일을 꿈꾸지만 어디에 다다를지
지구에
그저 몸 실은
나비 떼다 우리는

다시 태어나다

댓바람 바다 일로 나잇살 늘었을까

넌지시 비켜서신 어머니 여자의 길

아끼던 치마 두 벌을 조심스레 건네신다

좋은 날 분단장이 허겁지겁 배어있고

잘 말린 미역 내음 따라와 감겨든다

올 유행 주름을 잡아 거울 앞에 서본다

시래기

쪽 햇살 부둥켜안고 낮추고 또 낮추는

애꿎은 이름에다 별칭까지 볼품없다

덜 마른 눈물 자국까지

다 말리고야 제맛 내는

찬 바람 감칠맛 밴 시래기 한 입 물고

닮아있는 내 어머니 에둘러 붉어진다

아파트 울타리 위로

짙은 노을 바라본다

목련

차림새 수수해도
함박 터뜨리는 웃음

쌓은 내공 만만해도
도리어 백기 드는

알고도 받아주는 저,
넉넉함이 고수다

갯버들

밤마다 자라나서
파고드는 티눈 뿌리

뒤척이며 떼려 해도
촉수 더 뻗어나는

온몸이
사위어가며
몸부림친 하얀 밤

오동나무

봄날의 따스함은 나이테 안에 품고

어머니 오랜 시간 서리 자국 붉어도

곁가지 작은 바람은

달빛 아래 걸러낸다

자줏빛 등불 달고 가얏고를 꿈꿀 때면

둥기둥 신명 더하는 드맑은 말씀 말씀

아울러 지켜온 자리

내 안에서 울고 있다

거울 앞에서

1.

낯선 듯 낯익은 듯 괜찮니 두드린다
폭풍에 꺾인 가지 비바람에 파인 뿌리
탄탄한 근육질 되어
가는 길 더 해맑다

2.

매끈한 백도자기 실금이 늘어나도
바랜 빛 은은하여 오히려 정이 들까
넉넉히 머금은 미소
우려낸 물 채우는

3.

턱만 오래 괴던 배 봄기운에 돛을 단다
기지개 활짝 펴고 잔물결 흐름 따라
몰래 할 사랑 찾으러
두근대는 길이다

분갈이

싱그런 잎새 나고

옹기종기 꽃도 핀다

뻗어나는 뿌리를 가늠 못 해 답답했을

가두고 열지 못했던

그 시간을 좇아본다

코스모스

돌아간 허리춤에
맞잡은 손 설렌다

헝클린 머리칼에
귓불이 빨개져도

나긋이
속삭이는 말
무도회가 익는다

진달래

골고다 그 십자가
전령으로 오시나

못 박은 자국마다
선홍빛 눈물 번져

어둠을
이기셨다며
봄을 먼저 알리네

사진 찍기

잃어버린 표정들을 뒤적여 찾아내고

눈가의 주름 펴며 시간을 당겨본다

겨냥된 빛의 각도는 내 마음을 아는지

포착된 퍼포먼스 숨죽인 미소 속에

머무는 눈길마다 나비 나비 날고 있다

꽃으로 피어나는 너 오월을 확대한다

장마철 기억

쏟아지는 빗줄기에 보내고 싶었을까

마루에 쪼그리고 하염없이 바라보던

응어리 봇물로 터져 장대비로 내리던 날

말을 하고 산다는 건 마음을 푸는 게지

힘에 부쳐 빗장을 건 곳간 그 틈 사이로

혜집은 바람 한 줄기 시에 풀어 말린다

아프리카를 보다

잊고 있던 기억들을
더듬어보는 저녁 무렵

끊어질 듯 아스라한
생명줄을 걸어본다

올올이
배어드는 사랑
신생아 모자 뜨기

오롯한 마음 한 줄
털실에 풀려나는

뜨거운 모래사막
오아시스를 꿈꾸며

대바늘

메신저 같은

줄과 줄을 잇는다

첼로

현을 켜지 않아도
넌지시 가을이다

낙엽 지는 숲속에서
고개 떨군 단풍나무

볼레로* 리듬을 타는
마른 목이 에인다

* 프랑스 작곡가 라벨의 무용곡.

2부

제자리 찾는 시간

즐겨찾기
— 아버지

저녁이면 손 모으는

다가서지 못한 걸음

대답 없는 긴 신호음

화면 속에 일렁인다

굳은살

손마디마다

묻어나는 바다 내음

공존의 거리

위한다고 건넨 말이 가시 되어 찌른다

가깝다는 이유로 오히려 옭아매는

살가운 입김마저도

긴장감 더 팽팽한

거리두기 이면지는 식구들 생각 읽기

마음 줄 느슨하게 서로를 풀어본다

잃었다 선 그은 만큼

다가서기 시작이다

탄성 彈性

약 올라 보았니 약을 올려 보았니

약 오를 때 참았니 약 올리고 당했니

급할 때 잘 드러나는

수직선의 교차점

제자리 찾는 시간 더디지 않을 테니

쫀쫀한 젤리 같다 다시 서는 오뚝이다

흑과 백 함께 가는 길

긴 호흡이 필요해

마중물

여린 싹 고운 줄기 못 본 듯 돌아서는

튀어나온 곁가지만 자르려고 애를 쓴다

제 빛깔 도드라지게 어깨 살짝 토닥이면

힘나는 말 크게 하고 꾸짖음은 나지막이

쉽게 뱉는 군말보다 눈높이 맞춰가면

막혔던 생각 주머니 꼬물꼬물 물꼬 튼다

이름 짓기

같은 성을 달았다
해운대 지나 동래까지

단장하고 이름 바꿔
센텀 무슨 아파트로

한마디 의논 없이도
시류 타는 상표다

모래시계

쳇바퀴 도는 하루 그 틀에 갇혀있다
희미한 출구 찾아 더듬을 겨를 없이
펼치는
갈피도 잠시
신기루로 머물다 갈

머물던 무게만큼 허한 속이 드러날까
흔적을 찍을 시간 가늠할 수 없지만
제비꽃
웃고 있는 길
한나절이 촘촘하다

바벨탑 도시

빽빽하게 가려서
해도 달도 숨바꼭질

발 디딘 자국만 겨우
반쯤의 새가 된다

어정쩡
날지도 못한 채
걸려버린 연鳶의 꿈

파노라마 촬영

시간을 길어 올려 타임머신 타는 날

녹슬지 않은 영상 하룻밤을 수놓는다

목젓을 드러내 놓고

사투리도 정겨운

울퉁불퉁 바닥 길을 참 많이 걸어왔다

둥치로 선 자리마다 고향을 깊이 심고

그 많던 간이역 지나

내달리는 동창회

늦가을

시린 손 놓으려는

눈시울 자꾸 붉다

망설이는 걸음 따라

하루해 기우는데

덜 부른 세르세* 아리아

라르고로 흐른다

* 페르시아의 대왕 크세르크세스Xerxes 1세. 독일 출생의 영국 작곡
가 게오르크 프리드리히 헨델의 오페라 주인공.

여운餘韻

서슬 퍼런 총칼 앞에
대한의 강 건너던

다급한 타전 같은
디딘 자리 되찾는다

백 년을
다져온 터전
만세 자리, 그 자리

흉내 내기

아기를 재우려다
지친 눈꺼풀 내리면

말끄러미 바라보다
저도 그만 스르르

엿보던 창가의 달도
구름 속에 잠든다

재방송

출발점 등 돌리자

오후가 멈칫한다

오늘이 엊그제와

맞물려 어지럽다

도려낸

시간 자락들

비명 소리 따가운

아우르다

복숭아 홍로 사과
여름에 가을을 섞는

서로의 눈빛같이
두 배로 깊어간다

너와 나
드러내지 않아도
우리라서 더 좋은

변명

슬쩍 눈치를 본다
뜻풀이 길어진다

내려놓은 자리 하나
채울 칸 아직 없는

핼쑥한 그림자 하나
뒷덜미를 잡는다

맏이

첫 발자국 기대가 부담으로 감겨 죄는

가시밭길 헤쳐 가다 한 모퉁이 주저앉는

시퍼런 초승달 눈빛 주춤대는 그런 날

비우고 채우는 일 그저 얻어 못 이루듯

한 걸음 떼지 않고 두 걸음을 기대할까

여윈 달 여백 너머로 둥근 내일 엿본다

수취인 부재

허공을 갈라놓는

지워진 빗금 하나

동그란 기별 없이

못 잊어 애태운다

쟁여진

눈길 사이로

뒹굴고 있는 시간 꼭지

3부
색실 하나 잇대면

반전

얇다고

가볍다고

한 손으로 다루었지

찢기고

구겨진다고

아래로만 바라봤지

종이에

손을 베이고

칼 있는 줄 알았지

불면을 포장하다

풀다가 도로 얽힌 실마리 찾지 못해

수 갈래 길을 내며 밤새도록 헤맨다

가위로 싹둑 잘라서 매듭 몇 개 짓고 말걸

매듭 지어 짧아지면 허리끈 바투 잡고

톡 튀는 색실 하나 잇대면 새로울걸

바코드 길을 비켜난 너를 다시 읽을 테니

자동이체

곧은 선 시간 약속
엮여서 줄을 선다

다 털린 내 이력이
날개 돋아 흩어진다

발품은 덜 팔았는데
숨이 차는 인공지능

이별 없는 밀당

관절마다 통증인데 밭일하는 어머니
이제는 일 거두고 집에서 쉬시라면
그것도 안 하고 살면
지루해서 우찌 사노

공무원 시험 볼 날 일주일 앞두고선
일 년이 너무 짧다며 긴장하는 딸내미
사는 건 시간 사귀기
포물선을 그리듯

다 팝니다

학원은 어딜 가야 좋은 대학 들어가고

무엇을 전공해야 대기업에 취직된다

직업이 무엇이라야 결혼 상대 손꼽힌다

물건을 사고팔고 땅도 집도 사고팔다

기어이 나 자신도 팔아야 할 존재일까

나다운 나는 사라지고 포장비만 수북하다

달맞이 마을버스

때맞춰 문을 여는 이동식 추억 카페

비 오는 밤 급히 타도 옛 노래로 위로하며

빈자리 느긋이 앉아

나른함을 즐긴다

겪어온 세월만큼 갈 길 또한 바쁘다

돌아 돌아 또 돌아도 언덕배기 그 자린데

보름달 한 아름으로

빈 가슴을 채운다

웃음 보약

가라앉은 자존심을 한 뼘쯤 올려보자

앞머리 말아놓고 점심 먹다 잊었는데

처방전 내미는 손이 긴장 풀려 부드럽다

처방한 그 약에다 꼭 맞게 덤이 되는

입가에 미소 번져 아픈 상처 어루만진

뜻밖의 명약 처방전 웃음 보약 사흘 치

나를 키운 노래

나뭇잎 배 띄우며 미나리 쑥을 캐고

방파제 거닐면서 부르던 섬집 아기

팔 벌려 푸른 잔디 위

흰 구름을 부른다

뛰놀던 과수원 길 줄줄이 손을 잡고

멱 감던 바닷가는 초록 바다 화음 되던

동심초 물망초 부르며

학창 시절 줍는다

거품

조율 안 된 북소리가
불협화음 쏟아내는

해 질 녘 시청 광장
아우성이 펄럭인다

재개발
부푼 희망 너머
갈 곳 잃은 가랑잎

허기

1.
흐릿한 날씨처럼 구겨진 마스크다
일자리 구멍 같은 말소리 새고 있는
매달린 비탈길 위에 줄을 찾는 사람들

2.
시작이 반이라는 옛말은 어림없다
경력이 짧습니다 돌려받는 이력서
젖은 채 찢길 것 같은 한나절이 맴돈다

3.
엊그제 받은 시집 어스름에 펼쳐본다
전어구이 상추 깻잎 저녁상 만찬인 듯
잃었던
입맛 돌아와
되새김질 한창이다

들풀 전쟁

등성이 텃밭 속속 무더기로 진을 쳤다
예배당 종소리에 국지전은 시작되고
첫 끼니 보급하다가 돌부리에 걸렸네

다 식은 밥과 반찬 뒤섞여 나뒹군다
배고플 엄니 생각에 무릎 피 뒷전이고
잔소리 들을 생각에 눈물 콧물 뒤범벅

쨍-한 저 햇볕은 누구를 편들고 있나
고향 집 언덕배기 긴 여름날 격전지
속도전 전술을 접고 휴전 아닌 휴전이다

저녁상을 차리며

페루산産 아보카도

노르웨이 생고등어

선별된 대표들이

경제 협상 바쁘다

스치는

손길 잡으며

묵상하는 저녁답

캄보디아 포토 모델

쟁반에다 받쳐 인
히아신스 서너 다발

벗은 발 아랑곳없이
수줍게 웃음도 묶은

울 너머 클로즈업되는
여유로운 사람들

서울 산다고

대기업 억대 연봉 목청에 힘줘봐도
예정 없는 야근에 하루 멀다 술자리다
해장국 끓여 바치는 장모 눈길 따갑고

잡힐 듯 푯대 하나 시간차로 뒤바뀌면
치솟은 빌딩 숲이 숨길을 조여온다
흐르는 한강 불빛도 까닭 없이 서럽단다

남쪽 바다 자갈 소리 구두코에 차이면
홍합젓 삭힌 뽈래기 고향 밴드 찾는다
늦은 밤 영상 가득히 젖은 눈매 아린다

인터넷 쇼핑

클릭 클릭 엮는 미로
화살표로 빗장 열며

소리 없는 대화를
참 길게도 하고 있다

문자로 휘청대는 밤
졸고 있는 영수증

초파리

먹이 찾아 날아드는 섣부른 저 몸놀림

깨알 같은 생이라도
사는 건 같은 거다

머무는 한 울타리에 엇갈리는 박자들

4부

오로지 그런 거라며

밀당

어물쩍 넘어가려
머릿속 계산하고

내밀까 눈치 보다
꽁무니 내리려니

까마귀 눈치 없게도
쉰 목소리 고른다

어머니

가슴 타는 통증으로 가쁜 숨 몰아쉬다

자식들 걱정할까 몰래 나선 발걸음

나른한 휴대폰 깨워 칠판 위에 찍힌다

무거운 짐 오래 들어 어깨가 기울었다

지렛대 받쳐놓은 버팀목 삭지 않아

가뿐히 들어 올린 마음 병실조차 환하다

장산 기슭

찜통더위 숨이 막혀 숲으로 갈까 보다

풀어 헤친 여름 산 초록에 안길까 보다

골마다 바람 음계가

지친 어깨 감싼다

내어준 푸른 길을 껴안은 여유로움

때론 낮게 때론 높게 물줄기 협연으로

오로지 그런 거라며

내민 손을 잡는다

가을 어귀

깊어진 눈빛만큼
서늘한 하늘 안쪽

수수밭 바람 아재
나부낌도 소슬하다

속없이
손사래 치며
떠나보낸 그림자

절규

그래, 이게 아니잖아

맴을 도는 분수령

나락을 비켜 가는

허상 하나 붙든다

두레박 끌어 올리던

흑백사진 뒤지며

힐링 캠프Healing Camp

겹겹이 둘러싸인 보호막을 벗겨본다
냉랭한 현실 속에 흔들리는 진실인데
한 겹씩 벗을 때마다 속살 돋아 감싼다

오금에 힘줘가며 두려움 떨쳐내고
이왕에 벌어진 일 용감하게 버티리라
마지막 비수 날려도 담담하게 맞선다

눌려서 막힌 타점打點 피 돌아 저릿하다
속 찔러 따가워도 웃음으로 답을 하며
멍들어 아린 자국들 햇살 끝에 매달린다

닫힌 문 열고 보니 세상이 날 보듬는다
내게 온 상처들은 나로 인한 것이었다
그렇지 사랑해야지 누구보다 더 나를 먼저

대숲

무릎 꿇지 않겠다는 입소문 단속하며

얼기설기 발을 맞댄 든든한 기초공사

그믐달 육십 다발로 직립보행 서둔다

차오름 그 어디쯤 고리 걸던 언약들

다잡은 믿음 딛고 비우고 또 비우는

저 높은 푯대를 향한 거침없는 마디다

경주 엔젤리너스Angel-in-us 커피점

대능원 도로변에
커피점 낮이 섰다

토함산 오솔길은
소식조차 까마득한데

지켜온
얼 이으려고
기와 이고 애쓴다

거리감

금연 장소 늘어나자 거리 끽연 활개 친다
식지 않은 역겨움이 길바닥을 핥고 있는
내뿜은 연기에 갇힌 골목길이 기침한다

담배 냄새 인질이 된 승강기가 코 잡는다
꽉 막힌 들숨 날숨 지쳐가는 몸부림들
오늘도 국지전이다 예고 없는 화생방

보금자리

높다란 쇠기둥에 위태로이 걸린 위상

살 에는 추위 피해 강남 떠난 철새 무리

곳곳에 치솟은 빌딩 숲 맴을 도는 안식처

어릴 적 처마 밑엔 제비 가족 집을 짓고

오손도손 이마 맞대 내일을 꿈꾸더니만

화려한 허공 벽에서 추락하는 날개들

오후 5시

해녀들 망태기가
9부쯤 채워질 때

연락선 뱃고동은
짭조름한 트림 하고

부산 간
아들 녀석은
새색시를 데려왔다

인공지능

반찬을 꺼내는데 시간 초과 버저 울리는

데운 음식 꺼내라며 재촉하는 기계음

제 할 일 다 한다지만 여유 없는 저 변명

한결같은 명령이다 낯선 날을 세우는

길들여진 근육마저 부산한 아침인데

그 울림 융통성 없는 핏발이 곤두선다

물안개

잰걸음

줄행랑도

마법에 걸려든다

너울 쓴

가십거리

밀어가 축축하다

이따금

경계를 넘는

고해성사 엿본다

모자

높은 게 좋을까 봐 꼭대기에 앉아봤다

선두야 늘 그렇듯 눈총 홀로 먼저 맞지

아슬해 부둥켜안고 아등바등 몸부림

칡넝쿨

한 치 더
타고 오를
욕망을 묻어둔 채

숨죽여
낯선 나를
만나본 적 있는가

오늘도
덮어야 할 소문
서설 퍼런 이파리

5부

끌어당긴 햇살 열면

강풍주의보

바람이 거칠수록

춤사위 깊어가는

소나무 깃을 잡고

출렁출렁 허궁잽이*

까치가

펼치는 반전

짜릿함은 덤이다

* 줄타기 기예의 한 종류로 가랑이 사이로 줄을 타며 줄의 탄력을
이용하여 앉았다 일어났다 하는 것.

철이 들어

무심코 쪼갠 사과 두 쪽 맛이 다르다

사과도 맘이 있나 웃을 때 토라질 때

뵈는 게 다가 아니다 돌아보는 다저녁

열다섯 풋사과는 텁텁한지 몰랐다

애꿎은 엄마 속을 남김없이 긁어대며

잘 익은 사과 한 상자로 가을 안부 묻는다

겨울눈

해마다 치르는 값

꽃 지고 잎도 떠는

동장군 물러가라 발 동동 구르면서

오늘 밤 젖니 하나가 새살 뚫고 나온다

끌어당긴 햇살 열면

어둠도 한때겠지

바깥일 소란해도 껴안은 보금자리

빛 고여 벌어지는 입 고른 이가 오롯하다

영랑호*

동해 물 흘러가다 호젓이 머무르는

범바위** 물끄러미 철새 노래 듣고 있다

자전거 휘파람 소리

화랑도가 새로운데

쑥부쟁이 앉은 자리 대청봉 단풍 내음

호수는 말 없는데 수다 떠는 파문 일어

갈앉은 가을하늘을

홀연히 긷고 있다

* 속초시에 있는 자연 호수로 백사가 퇴적하여 이룬 석호.
** 속초 8경 중 제2경에 속하는 영랑호에 있는 기암괴석.

뿌띠남*

딸아이 책가방에서 꺼내 든 시집 한 권

화단에 걸터앉아 떠듬떠듬 읽는다

수심愁心이
시심詩心이 되는
햇살 좋은 늦은 봄

일렁이는 물결 위에 촘촘히 띄워 보낸

이제야 되찾았을까 그리던 은빛 무늬

산그늘
아름드리 품은
다저녁에 기댄다

* 어느 다문화 가정 학부모의 이름.

꽃무릇

설레는 마음 열어
그대 곁에 다시 선다

못 부를 이름 찾아
이 길 저 길 헤매어도

끝끝내
기둥에 기대
타오르는 꽃등불

시작詩作

덜 익은 생각 따다
찻잔을 기울이는

달리던 문서 창에
엔터 키 누르는 시간

두 눈에
가득히 담길
푸른 하늘 당긴다

꼬챙이

산적구이 과일꼬치
맛깔나게 놓였다

가녀린 길을 내어
맛 내고 멋도 내는

벼리어
이어지는 꿈
내 어머니 손길 같은

너의 이미지
– 석대동 꽃집에서

첫사랑 만나는 날 발걸음이 설렌다

장밋빛 기억 하나 향기 이미 너울거리고

가슴에 스미어오는 그림자를 쫓는다

고개 세운 수선화며 붉디붉은 맨드라미

난 네게 너는 내게 이름을 다시 부를

오래된 이력이 적힌 꽃 중의 꽃을 새긴다

오전 10시

빙 두른 학교 뜰에
아이들 꽃이 핀다

목젖이 드러나는
연둣빛 웃음 번져

꽃대궁
간질거리는
꽃잎 자꾸 열린다

버스 안의 부자父子

포대기 감싸 안고
가슴을 맞댄 단잠

달리는 차 창 너머
겨울 해 떨어지는데

하나 둘
별을 세는지
달싹이는 아기 입술

어깨 툭툭

미련 없이 넘어가는
저녁 해 바라본다

시계추 애끓던 오후
밀물에 흔들어 씻고

내일 또
돋을 파란 꿈
붉게 타는 저녁답

가마솥

타버린 기억 위로

슬며시 김이 난다

끓다 끓다 남은 시름

흐르지도 못하고

어눌한

사투리 섞어

앉은 자리 무겁다

욕실화

물 빠지고 물 안 드는 역설이 쟁쟁하다

가라앉는 삶의 무게 때때로 버거워도

허리춤 부여잡으며 좁은 바닥 맴을 돈다

비누 거품 안갯속에 뭉근히 빠져들다

기운찬 물소리에 뻐걱뻐걱 춤을 추는

늦은 밤 고요를 베고 의지하는 두 어깨

기둥

한 우주 떠받치며
한길만 바라봤는데

늘푼수 없다 하며
쓴소리 쏘아댄다

무시로
열어놓은 가슴
햇볕 들어 따스한데

잠

하루 일을 버무려 숙성하는 길목이다

기울지 않는 잣대로 똑같이 받은 선물

늘어진 어깻죽지에 비운 만큼 차오르는

화해 和諧의 미학

정미숙 문학평론가

1. 환유의 향락

공란영의 첫 시조집 『긴 호흡이 필요해』에는 78편의 단아한 시편이 숨 쉬고 있다. 시조집 제호인 "긴 호흡이 필요해"는 「탄성」 2연 종장 "흑과 백 함께 가는 길/ 긴 호흡이 필요해"에서 따온 것이다. 시적 화자가 밝힌 긴 호흡이 필요한 이유는 대립적인 것과의 조화, 화해 和諧를 위한 것이다. 남다른 개성들과 조화롭게 섞이며 동행하길 권한다. '흑'과 '백'처럼 대비적인 존재들의 다름을 인정하고 나란히 보폭을 맞추고자 한다. 이해와 포용은 서로를 향한 존중의 응시를 투과하지 않고는 가능하지 않기 때문이다. 시조가 취하는 유기적 세계관과도 연결되는 '화해의 시학'은 공란영 시조에 스며있는 일상의 철학이자 시조 미학을 향한 시인의 자세이다.

1.
낯선 듯 낯익은 듯 괜찮니 두드린다
폭풍에 꺾인 가지 비바람에 파인 뿌리
탄탄한 근육질 되어
가는 길 더 해맑다

2.
매끈한 백도자기 실금이 늘어나도
바랜 빛 은은하여 오히려 정이 들까
넉넉히 머금은 미소
우려낸 물 채우는

3.
턱만 오래 괴던 배 봄기운에 돛을 단다
기지개 활짝 펴고 잔물결 흐름 따라

몰래 할 사랑 찾으러

두근대는 길이다

－「거울 앞에서」 전문

「거울 앞에서」는 '화해의 미학'을 환하게 펼친다. 아이
러니하게도 「거울 앞에서」의 '화해'는 제목과 내용의 파
격적 구성에서 마련된다. '거울'은 익숙한 자기 성찰의 도
구이다. 보통의 경우 "거울 앞에서" 우리는 자신의 모습
을 비추고 살피는 포즈를 취하는 법인데 공란영의 시적
구도는 사뭇 다르다. '거울'은 풍경의 전신全身을 세세히
살피고, '나'를 통과하듯 되비춘다. 공란영의 '거울'은 여
기에 없고 도처에 있다. 거울이 타자를 이해하고 배우는
매개임을 이보다 곡진하게 보여줄 수 있을까. 그들의 안
부를 타진하며, 자기 인식의 시적 긴장을 높인다.

화자는 '거울'을 통해 그들의 '과거-현재-미래'를 알
고 예견한다. 시인이 발견한 타자는 "폭풍에 꺾인 가지 비
바람에 파인 뿌리"를 가진 '나무'와 "실금" 가득한 '백도자
기', "기지개 활짝" 편 '돛을 단 배'이다. 그들에게 골고루
나누는 "낯선 듯 낯익은 듯 괜찮니 두드린다"의 조용한 터
치는 조심스럽다. 고통 이후의 안부는 언제나 뒤늦은 법

이다. 오래도록 지속된 살핌의 전언이나 새로운 안부는 애정의 순도를 담는다.

거대한 나무는 백전노장처럼 상처의 이력을 새기고 견뎌내는 '탄성彈性'을 발한다. "탄탄한 근육질"은 이겼고, 이길 수 있음을 드러내는 근성根性의 지수이다. "가는 길 더 해맑다"는 고통의 시간이 생의 길을 닦는 자양임을 천명한다. 살아가는 시간의 깊이에 따라 늘어나는 실금은 어떠한가. 실금의 백도자기는 은은한 멋이고 정이다. "넉넉히 머금은 미소/ 우려낸 물 채우는" 백도자기는 채움과 비움의 장이다. '실금'은 익숙한 듯 익숙하지 않은, 낯익은 듯 낯선 시간을 조심스레 건넨 자가 드리우는 '흔적' 이다.

「거울 앞에서」에서 화자는 자신의 존재를 드러내지 않았기에, 선명하다. '나'는 누구인가. '나'는 "폭풍에 꺾인 가지" "비바람에 파인 뿌리"이고 '실금 가득한 백도자기'를 닮기 원하며, "봄기운에 돛을 단" '배'이고자 한다. 다시, '나'는 '가지'이고 '뿌리'이고 '백도자기'이며 봄기운에 돛을 단 '배'이다. '그들'은 곧 '나'이다.

무릇 사물과 나를 잇는 상호작용의 방식이 시인에게서 비롯한 것은 아니나, '거울'이란 자기 성찰의 장을 인접한 그들에게 온전히 할애하는 자세를 갖추기는 쉽지 않다. 시인은 사물을 대등한 관계에 놓고 포용과 살핌의 자세를 견지한다. 공란영이 취하는 화해의 시학이다. 그들이 나이고, 내가 그들의 시간 안에 있다. 그들의 닮음과 다름을 함께 엮어가는 환유의 수사, 비슷함을 이어 다름을 알아가는 시선의 확장은 화해의 미학을 취하는 공란영의 수사rhetoric이다.

'환유'란 한 사물이나 개념을 그것의 속성을 가지고 있거나 그것과 연관되어 있는 다른 사물이나 개념의 이름으로 부르는 수사법을 말한다. 두 사물 사이의 관련성과 인접성을 드러내는 데 공란영이 취한 환유는 사물들의 수평적 대등을 취한다. 환유는 흔히들 남성의 수사라고 칭하는 은유와 비교해 보면 다르다. 환유는 은유에서 취하는 관념과 추상, 서열과 역설의 압도를 지양하고 고조되는 점층을 가능한 배제한다. 시인은 지금 이곳의 구체성을 직시한다. 동반의 여정이나 각자 견디며 다른 시간을 살았던 그들의 동심원 '나이테'를 응시한다.

봄날의 따스함은 나이테 안에 품고
어머니 오랜 시간 서리 자국 붉어도

곁가지 작은 바람은
달빛 아래 걸러낸다

자줏빛 등불 달고 가얏고를 꿈꿀 때면
둥기둥 신명 더하는 드맑은 말씀 말씀
아울러 지켜온 자리
내 안에서 울고 있다
－「오동나무」전문

'오동나무'는 환유의 수사를 향락의 장으로 잇고자 하는 시인의 지향을 탁월하게 매개한다. 오동나무의 일생은 우리네 삶을 닮았다. 오동나무는 줄기 가운데에 구멍이 뚫려있어 좋은 목재를 얻기 위해서는 세 번을 잘라주어야 고급의 목재로 성장할 수 있다. 원줄기를 한 번 잘랐을 때 그 줄기를 모동母桐이라 하고 새로 돋은 줄기를 자동子桐, 그리고 다시 잘라 나온 것을 손동孫桐이라 한다. 성장을 위해 자른 그 자리를 그대로 이으니 '어머니-자식-손주'의 자리는 분명 새로우면서도 짐작되는 한 줄기의 운명, 한 뿌리의 시간을 산다. '오동나무'는 숭고한 운명을 상징한다.

운명은 고통을 요구한다. 잘림과 열림이란 두 관문은 자궁의 터널을 지나야 했던 체험과 흡사하다. 이 시간을 견뎌야 '가얏고'가 되고, 신명과 슬픔, 고통과 환희가 어우러지는 음률音律의 조화, 향연의 시간을 맞을 수 있다. 긴 호흡 끝에 터뜨리는 '가얏고'의 음률은, 우리의 향락 jouissance이다. 향유의 자리가 적극적인 향락의 자리로 퍼져간다. 내 것인 듯 네 것이며 네 것이 다시 우리 것이 되는 친밀한 교합은 고통과 환희를 동시에 품은 '주이상스'의 향연이다. 서로의 본디 자리를 밝히고 지켜주는 데에서 가능한 궁극의 환희이다. 생명과 유지의 발원 공란영 시조의 탄성彈性이 탄성歎聲을 잇는다.

2. 기독과 황금률

공란영 시 세계의 기저에는 기독基督 사상이 흐른다. 신 아래 모든 생명이 평등하다는 믿음은 긍정과 환희의 원천이다. 피조물인 우리는 그저 생을 향유할 뿐, 운명의 결정권자가 아니다. 그러니 그저 맡기고 놓인 이 시간을 알뜰히 살아내면 된다. 이 대책 없는 낭만적 사유는 '나비'

를 춤추게 한다. "땅 딛고 서있지만 어디서 헤어질지/ 내일을 꿈꾸지만 어디에 다다를지/ 지구에/ 그저 몸 실은/ 나비 떼다 우리는"(「무임승차」 부분)에서 염려나 우울의 그늘을 벗어나 이동 중인 천진하고 밝은 나비 떼, 군상의 담대함을 읽을 수 있다. 불안과 염려는 애초에 없다. '나비'인 '우리'는 둥둥 날아다니며 변화하는 기운을 즐기듯 순행하면 순항한다. 순항의 믿음은 무서운 혼돈을 기억하는 자에게 찾아온 세례이다. 붉게 물든 피의 역사를 말갛게 씻은, 용서의 사랑을 아는 까닭이다.

"골고다 그 십자가/ 전령으로 오시나// 못 박은 자국마다/ 선홍빛 눈물 번져// 어둠을/ 이기셨다며/ 봄을 먼저 알리네"(「진달래」 전문) 「진달래」에는 눈물과 웃음, 겨울과 봄, 빛과 어둠이 공존한다. 화자는 신이 드리우는 흰 그늘 아래에서 평화로운 '봄'을 온몸으로 느낀다. 이러한 감사의 헌사는 슬픔의 전사前史를 학습한 지성의 고백이다. 뒤엉켜 있는 것에서 질서를 예비하는 신의 권능과 사랑을 느낀다. 영원한 약속은 생명이다.

잊고 있던 기억들을
더듬어보는 저녁 무렵

끊어질 듯 아스라한
생명줄을 걸어본다

올올이
배어드는 사랑
신생아 모자 뜨기

오롯한 마음 한 줄
털실에 풀려나는

뜨거운 모래사막
오아시스를 꿈꾸며

대바늘
메신저 같은
줄과 줄을 잇는다
 -「아프리카를 보다」전문

「아프리카를 보다」라는 시에서 "아프리카를 보다"의 의미는 단순하지 않다. 먼저 미디어를 통해 생명의 터전인 야생의 '아프리카를 보고' 있는 시인을 짐작할 수 있다. 이어 우리는 치닫는 내리사랑으로 차올라 '신생아'를 향한 마음을 대바늘로 가늠하고 있는, 아프리카 열기만큼 뜨거운 화자를 목격한다. 시인을 닮은 화자는 조그만 아이, 신생아의 머리를 보호하고 장식할 '모자'를 뜨면서 온갖 정성을 다한다. 정성을 담아 올올이 담아내는 사랑의 수행은 축복의 염원이고 기도처럼 절실하다.

대바늘에 건 '털실'은 강약을 조절하며 조심스레 다루어야 할 "끊어질 듯 아스라한/ 생명줄"이다. 그것에 "오롯한 마음 한 줄"을 담아 "올올이/ 배어드는 사랑"을 엮는다. 대바늘 메신저messenger는 화자의 메시지message "뜨거운 모래사막/ 오아시스를 꿈꾸며"라는 '연서戀書'를 전달하기 위해 줄달음 중이다. 신생아의 머리는 숨골을 느낄 수 있을 만큼 여리고 취약하다. '모자'는 아이의 무탈한 성장을 기원하며 몸집을 불려가는 중이다. 모자 하나에 화자는 아프리카 대륙보다 더 광활한 사랑을 담는다. 아프리카의 보석 '오아시스oasis'는 사막 가운데에 샘이 솟아올라 식물이 잘 자라고 인간에게 휴식과 위안을 주는

살 만한 곳이다. 화자는 여리고 어여쁜 아기에게 모자를 건네며 마치 생명의 능력과 그늘의 자유를 건네는 듯하다. 사랑은 먼저 상대의 필요를 생각하는 것이기에 선물은 이처럼 구체적으로 예비된다.

장애 없이 연결되는 '아프리카'는 "잊고 있던 기억들"을 더듬어가는 과정에 건져 올린 소망이다. '사랑'과 '생명'의 이음이다. 시인은 '신생아 모자 뜨기'라는 소박한 소재를 통해 아프리카 사막을 횡단할 수 있는 오아시스를 불러들였다. 어디 신생아 사랑에 그칠까. 공란영의 시에는 매시간 그 장소를 꽉 채우는 오롯한 주인공들이 담긴다. 그들은 강렬한 존재감으로 풍경을 새롭게 쓴다. "해녀들 망태기가/ 9부쯤 채워질 때"인 「오후 5시」와 "아이들 꽃이" 피는 「오전 10시」를 지목하는 시인의 눈길은 대바늘 메신저의 분주한 열기 그대로 충만하다.

빽빽하게 가려서
해도 달도 숨바꼭질

발 디딘 자국만 겨우
반쯤의 새가 된다

어정쩡

날지도 못한 채

걸려버린 연_鳶의 꿈

―「바벨탑 도시」 전문

「바벨탑 도시」의 '바벨탑'은 성경 창세기에 나오는 이
야기에 근거하고 있다. '바벨Babel'은 바벨론을 뜻하고 혼
돈을 의미한다. 바벨탑 신화에 따르면 본디 사람들은 하
나의 언어를 사용하였는데 그로 인해 힘이 커지자 하늘
에 닿는 탑을 쌓고자 하였다. 이에 신은 분노하고 인간을
경계하여 그들이 사용하는 말을 각기 다르게 흩어놓았다
고 전한다. 여기서 신화의 진위 여부를 말하고 싶지는 않
다. 분명한 것은 지금도 인간은 교만하여 힘의 우위를 겨
루고 과시하고 싶어 하는 존재라는 사실이다. 그래서 화
해는 어렵다. 언제고 반복될 수 있는 어려움은 수직 성향
의 위태로운 인간 성정에 있음을 짐작하기 어렵지 않다.

신을 향한 세력 과시의 좌절은 우리 안의 욕망으로 치
환된다. 우리는 우리 안에서 자신의 바벨탑을 세우고 싶
어 하고 맞지 않으면 무너뜨리고 파괴하며 공유하려 들

지 않는다. 관계 파탄 복원 불가의 곤경은 역사처럼 되풀이될 수 있다. 신이 무너뜨린 거대한 바벨탑 아래에서 우리는 삼삼오오 모여 앉아 상대를 탓하고 다시 자신들만의 바벨탑을 세우기에 골몰한다. 자신의 성을 쌓느라 나누고 곁을 내어줄 여유가 없다. 시인은 바벨탑 도시를 재현한 듯 욕망에 흔들리는 도시의 현실을 "빽빽하게 가려서/ 해도 달도 숨바꼭질"인 암흑이라고 한탄하고 있는 것은 아닌가. 자유롭게 펼칠 소통의 꿈, 함께 올려다볼 하늘을 겨누지도 못하고 "걸려버린 연의 꿈"이 되어버린 현실은 외롭다.

　　약 올라 보았니 약을 올려 보았니
　　약 오를 때 참았니 약 올리고 당했니
　　급할 때 잘 드러나는
　　수직선의 교차점

　　제자리 찾는 시간 더디지 않을 테니
　　쫀쫀한 젤리 같다 다시 서는 오뚝이다
　　흑과 백 함께 가는 길
　　긴 호흡이 필요해

－「탄성彈性」 전문

'제자리 찾기'로 번역될 수 있는 '탄성'을 새롭게 읽는
다. '약 올리는' 저열한 시비는 폭력을 부를 뿐이다. 수직
으로 뻗는 분노는 서로 우위를 확인하려는 방어와 공격
의 악순환으로 맴돈다. 화해를 유지하기 위해서는 '황금
률'을 지켜야 한다. 황금률黃金律은 다른 사람이 해주었으
면 하는 행위를 하는 윤리 원칙이다. 기독교의 경우 예수
의 말씀 "남에게 대접을 받고자 하는 대로 남을 대접하라"
가 대표적인 황금률이다.

공란영 시조에서 '황금률'은 새삼스러운 것이 아니다.
시 전편에 조금씩 노정되어 있기 때문이다. 시인이 삼은
황금률의 경계는 중용과 성경을 통하여 비교하면 알 수
있다. 철학자 김용옥의 명쾌한 정의에 따르면 공자의 "자
기가 원하지 않는 것은 남에게 베풀지 말라"는 '서恕' 사상
인 소극적 방식이고, 예수의 말씀은 적극적 방식이다. 예
수의 적극성은 자칫 고도의 헌신과 희생을 요구하기에
독선이 될 수 있다고 꼬집는다.

시인의 경우, 기독 사상이 전면에 흐르나 이를 드러내
는 방식은 '서恕'에 가까운 소극적 황금률의 자세를 견지

114

한다. 그래서, 미학적이다. 「수평선」에서 확인되는, 헤아려 동정하는 '서恕'의 마음은 시인의 일관된 어조를 거듭 환기한다. "가끔은 안은 것을/ 내려놔야 보이는 자리// 보채도 다독이며/ 언제나 괜찮다는// 지그시/ 감은 눈으로/ 눈웃음도 지어주는"(「수평선」 전문)을 통해 섣부른 위로마저 삼키고 곁을 지키며 시간을 내어주는 마음을 확인한다. 시조의 유기적 세계관과 거리, 관조의 미학에도 닿아있는 예사롭지 않은 미학적 성취이다.

3. 시로詩路 꿈꾸는, 푸른 하늘

쏟아지는 빗줄기에 보내고 싶었을까
마루에 쪼그리고 하염없이 바라보던
웅어리 봇물로 터져 장대비로 내리던 날

말을 하고 산다는 건 마음을 푸는 게지
힘에 부쳐 빗장을 건 곳간 그 틈 사이로
헤집은 바람 한 줄기 시에 풀어 말린다
　　－「장마철 기억」 전문

여린 싹 고운 줄기 못 본 듯 돌아서는

튀어나온 곁가지만 자르려고 애를 쓴다

제 빛깔 도드라지게 어깨 살짝 토닥이면

힘나는 말 크게 하고 꾸짖음은 나지막이

쉽게 뱉는 군말보다 눈높이 맞춰가면

막혔던 생각 주머니 꼬물꼬물 물꼬 튼다

　－「마중물」전문

　「장마철 기억」과 「마중물」은 화해和諧의 시학을 수행
하는 공란영의 시조를 또렷하게 증거한다. 시인에게 '기
억-말-시'는 각별하게 연결된다. 「장마철 기억」의 '장마'
는 시의 치유적 기능인 '카타르시스catharsis'로 이끈다. 시
원하게 퍼붓던 장마는 반복적으로 경험하게 되는 순환하
는 절기 속의 사건이다. 여기에 화자는 '기억'을 떠올리며
"장대비로 내리던 날"의 경험을 극화한다. 우레 같은 장
마 소리는 '나의 통곡'을 감춘다. 화자는 장마를 만나 한
켠에 숨겨두었던 슬픔의 덩어리를 "옹어리 봇물로 터"뜨
려 흘려보내는 폭발하는 정동affect의 시간을 가질 수 있

었다. 혼자 우는 외로움을 장대비에 기대며, 비로소 화자는 응어리진 아픔을 풀어낼 수 있었으리라 짐작된다. '나'의 슬픔이 풀려야 시적 거리가 만든 창작의 방에서 그대에게 건넬 안부의 시를 잉태할 수 있다. '시'는 울고 난 뒤에, 헝클어진 머리 위로 토닥이는 '한 줄기 바람' 같은 것이 아닐까.

"말을 하고 산다는 건 마음을 푸는 게지/ 힘에 부쳐 빗장을 건 곳간 그 틈 사이로/ 헤집은 바람 한 줄기 시에 풀어 말린다"에서 말을 할 수 없어 마음을 풀지 못했다는 사실을 짐작할 수 있다. 저기 감춘 듯 드러나는 '곳간'이 눈에 밟힌다. '곳간'은 화자가 마음을 숨기고 상처를 홀로 감내했던 어둑한 곳임을 알 수 있다. 이제 시인은 상처가 녹진한 곳에서, 상처를 딛고 도톰하게 오른 새살의 내공에 기대 '시'를 풀어낸다. 헝클어져 엄두가 나지 않았던 언어를 다듬는 시인의 눈길이 맑고 편안하다.

'카타르시스'를 통한 시의 치유적 기능은 고전적 정의이다. 우리는 벽과 성에 갇혀 서로에게 한 줄기 바람이 되어 내리지 못한다. 시인은 시의 위무慰撫에 복무服務하고자 한다. 시인은 타자의 기억을 끌어내어 해석하고 치유하는 역할을 스스로 감당해야 한다는 것을 잘 알고 있다.

산파 역할을 적극적으로 수행하려 한다. 「마중물」은 이러한 시적 세계관을 압축한다. "튀어나온 곁가지만" 전지剪枝하는 화자는 "여린 싹 고운 줄기"를 품고자 함이다. 이는 "제 빛깔 도드라지게" 하기 위함이라는 화자의 강조는 예사롭지 않다. 놀라움은 그 이후에 찾아온다. 타자의 개성, 빛깔을 도드라지게 가꾸는 과정에 나눈 말들과 시선의 교차는 내 생각 주머니를 물꼬 트게 하는 경험으로 깊어졌음을 토로한다. '거울'을 통해 그대를 보고 그대를 보며 나를 알아가는, 소통과 성찰을 통한 성장의 시간은 계속된다.

공란영 시조의 형식적 특징은 시조의 정형률을 초심처럼 고수하는 데에서 드러난다. 현대시조의 형식적 파격을 통한 생성의 시도는 예사로운 일이나 공란영은 시조다움의 형식미를 지켜내며 시조의 빛깔을 도자기 실금처럼 드리울 날을 그리는 듯하다. 은근과 섬김의 자세를 연장한 듯한 그녀의 시작詩作은 파격을 넘은 정격의 멋스러움을 향하고 있다. 시조의 장場/章에서 시조를 향한 순결한 여린 순 "여린 싹 고운 줄기"를 지키고 배양하려는 것일까. 형식이 곧 미학이고 지킴이 곧 키움이라는 여백의 미학을 향한 시조시인의 올곧은 기상이 내심 당차게 흐르고 있음도 감지된다.

　그런 까닭일까. 공 시인은 정도를 지키지 않는 파괴에 예민하다. 시인의 어조가 언제나 온유하기만 한 것은 아니다. 기호의 진정성에 부합되지 않는 '날것'을 향한 시인의 비판은, 날카롭다. 「반전」에서 엿본 '책'은 함부로 다루면 살을 베인다. 책은 칼을 숨기고 있기 때문이다. 그래서 조심조심 다루어야 한다. 칼은 말이고 언어이다. 인간의 욕심과 허욕이 '바벨탑'을 무너뜨렸듯이 부풀어 오르는 기호 속 허명은 그 자체로 진정성을 상실한 술수이다. 허명은 허상이다. 이는 자본주의사회에서 투자로 개명한 투기이고 사기이다. 화자는 자본의 탑에 종사하는 가짜 언어에 대해서 분노한다. "단장하고 이름 바꿔/ 센텀 무슨 아파트로// 한마디 의논 없이도/ 시류 타는 상표다"(「이름 짓기」 부분), "조율 안 된 북소리가/ 불협화음 쏟아내는"(「거품」 부분)에서 속물적이고 계산적인 시류 타는 아파트 투기, 재개발 이데올로기를 풍자하고 있다. 과정도 합의도 거치지 않은 욕심이 앞선 성과주의는 남을 누르고 자신들의 이익을 앞서 챙기려는 이상한 발상이다. 시인의 치열한 관심은 어울려 사는 우리 삶 속에서 알고 지켜내야 할 '진실'에 있다.

잰걸음

줄행랑도

마법에 걸려든다

너울 쓴

가십거리

밀어가 축축하다

이따금

경계를 넘는

고해성사 엿본다

　－「물안개」전문

　「물안개」에서 우리는 눈높이를 맞춰 속내를 읽으려는
화자의 열띤 모습을 발견한다. '물안개'라는 돌발적 상황
의 변수 앞에서 장애와 혼돈의 덫을 걷고 대상을 선명하
게 포착하기 위해 온 감각을 열어놓은 시인을 볼 수 있다.
시공의 조화 속 물안개가 커튼처럼 드리울 때 실체 포착
은 멀어지고 인식의 지평이 얼마나 달라질 수 있는가를

감각적으로 그려내고 있다. "잰걸음/ 줄행랑도/ 마법에 걸려든다// 너울 쓴/ 가십거리/ 밀어가 축축하다// 이따금/ 경계를 넘는/ 고해성사 엿본다"에서 물안개의 마법은 천천히 스며들어 어느새 우리를 잠식한다. 벗어날 길이 없다. 실체가 없는 안개가 주체를 삭제한다. 안개가 사라지기 전까진 오리무중이다. 한 치 앞도 보이지 않는 곳에는 언제나 혼돈을 이용하는 자들이 끼어들기 마련이다. 물안개를 너울 삼아 가십gossip과 밀어密語/蜜語가 난무한다. 진실을 볼 수 없고 되비칠 거울이 없으니 진단할 거리를 찾을 이유마저 없을 듯하나 이 와중에도 시인은 안개를 뚫고 들어오는, 빛의 언어처럼 선명한 '고해성사'를 요행히 포착한다.

시인은 상황의 변화 속에 변해가는 풍경 속 변하지 않는 진실을 전하려 애쓴다. 그것은 언제나 그러하듯이 섣부르게 자신을 내세우기보다는 타인을 좇으며 상대를 돋보이게 하려는 마음이 만든 성취이다. 시인의 시 속에 드러나는 애틋한 정인, 어머니를 향한 애정 역시 정성을 다한 구체로 드러난다. 어머니 당신이 아끼시던 치마를 말없이 건네시던 손길의 강도에서 마음을 읽은 화자는 작업에 착수한다. "올 유행 주름을 잡아"(「다시 태어나다」 부

분) 고쳐 '리폼reform'된 어머니의 세련된 치마는 마음에
쏙 드는 선물처럼, 어머니를 한순간 다시 '여성'으로 태어
나게 할 수 있을 듯하다. 어머니 치마 속에 감춘 '여성'을
꺼내어 치사랑으로 영글어진 시인의 마음은 든든한 맏이
처럼 탄탄하다. 그래서 시인은 익어가는 풍경에 어울리
고 함께 취하며 또 다른 시의 길을 꿈꿀 수 있다.

미련 없이 넘어가는
저녁 해 바라본다

시계추 애끓던 오후
밀물에 흔들어 씻고

내일 또
돋을 파란 꿈
붉게 타는 저녁답
  ―「어깨 툭툭」 전문

'정갈한 시조'라는 말은 공란영 시조를 수식하는 또 다
른 표현이다. 공란영은 시조의 형식적 규범을 제대로 지

122

켜가며 '시조다움'을 통해 '시인의 길'을 지키기 위해 서 있다. 순결한 초심이라 했던가. 이제 시인은 첫 시조집을 마무리했다. "시계추 애끓던 오후/ 밀물에 흔들어 씻고" 담담하게 환한 미소 드리우며 '나비'마냥 하늘을 우러르며 가볍게 흔들린다. 시조시인으로 이름의 일치를 이루겠다는 공란영의 설렘이 가마솥처럼 들끓고 물안개처럼 속삭인다. "내일 또/ 돈을 파란 꿈/ 붉게 타는 저녁답"의 평온한 메시지는 시조를 향한 시인의 이상, '파란 꿈'을 향해 흐르는 바람이자 담대한 결기이다.